글벗시선 231 심재황 열세 번째 시와 시조집

한탄강 여울소리

심재황 지음

도서출판 글벗

한탄강 여울소리를 들으며

연천 고장은 멀게만 생각했는데
그곳에 들러보니 한탄강 흐르고
어디로 흐르는지 궁금하기에
굽은 물길을 한참 따라가요.
움푹 꺼져 내린 절벽 아래에는
수많은 사연들이 담겨 있는지
수풀 돌아가는 물빛은 푸르고
절벽에 비치는 물빛은 거무스레
바위 아래 머문 물빛은 투명해요.
산 아래 너른 들판을 지나가는데
돌아오는 계절을 만나기도 하고
지나가는 계절을 보내기도 해요.
한탄강 여울을 바라보면서
담겨진 이야기와 소리를 들어요.

2025년 9월
심재황 지음

차 례

제2부 오봉산 아래 정원

제3부 한탄강 물빛

제4부 흘러가는 이야기

■ 서평

제1부
번드리 마을 이야기

고문리를 향하여

동쪽을 바라보며
한동안 달리는데

길 너머
산 위에서
햇살이 퍼지면서

산길이
환해지고
이정표 드러나니

큰길을
뒤로 하고서
북쪽으로 달리네.

고문리 산수유

고문리 들어가며
산수유
피었는데

산길에 들어가도
산수유
피었는데

지금도 그곳에서
산수유
피었는지

아직도
그 길 따라서
지나갈 수 있는지

번드리 너른 마을

고문리 언덕에서
주위를 바라보면

넓고도 번듯하여
'번들이' 되었다가

'번드리' 마을 이루어
옹기종기 사는데

세월이 지나가니
어른들 떠나시고

아이들 사라지니
학교도 빈 교실뿐

작은 길 넓어지면서
사라져간 '번드리'

너른들 가면서

너른들 가로질러
작은 길 이어지고

한참을 걸어가도
푸른 논 이어지고

작은 길 돌아가서도
너른 들판 보이네.

벚나무 그늘에서
발길을 멈추고서

하늘을 바라보니
햇살이 쏟아지고

고랑물 졸졸 흐르며
너른 들판 적시네.

지나간 약속

산수유 피어나면
들르려고 했는데

산수유 피어나도
산수유 떨어져도

밭길이 닿지 않아서
마음으로 그리네.

냇가를 따라가며
마을로 들어가서

주위를 돌아보면
산수유 피었는데

마음이 아파서인지
마음속에 그리네.

4월 벚꽃

사월이 시작되어
봄바람 일어나고

벚꽃이 떨어지며
잔잔히
날리다가

하룻밤 지나고서
빗방울
떨어지면

산산이
흩어지는데
벚꽃 송이 무거워

밭고랑 바람

하늘이 흐려지며
바람이 일어나서

앞산을 넘어오며
세차게 요동치니

햇살이 따갑더라도
밭고랑을 살피네.

감자 심은 둔덕에
부직포 찢기는지

고추 심은 고랑에
부직포 날리는지

모자를 눌러쓰고서
한 틈 한 틈 살피네.

아무 말 없이

한세상 살아보니
쉬운 게 별로 없고

한없이 고달픈 일
어처구니없는 일

말할 수 없는 일들이
수시로 벌어지고

마음에 가진 뜻은
좀처럼 되지 않고

바라지 않더라도
어쩌다 상처받아

아무 말 하지 않고서
조용하게 지내고

쓸쓸한 마을길

어르신 가시더니
마당이 허전하고

어린이 떠나가니
마을이 한적한데

한겨울 지나가면서
넓어지는 마을길

차들이 늘어나서
빠르게 달려가도

주민들 거의 없어
정거장 없어지고

둘레는 말끔한데도
쓸쓸하게 보이네.

초가을 길

가을로 들어가서
그 길은 서늘하고

가을로 들어가서
그 길이 고요하여

혼자서 걸어가는데
가을 길로 빠지네.

조금 더 들어가면
가을은 깊어 가고

바람이 다가오며
입술을 만지고서

가만히 올라가면서
머리카락 날리네.

반쪽 가을

9월 초 가을날은
하루의 절반인데

더위는 식지 않고
한낮에 뜨거워서

저녁이 한참 지나고
아침까지 가을날

한낮을 더 보내고
한밤중 기다리고

하루를 더 보내고
한 달 더 기다리고

9월이 시작되어도
오지 않는 초가을

가을 하늘 보며

해마다 이맘때에
하늘을 바라보며

두꺼운 구름에서
햇살이 나오면서

마음이 넓어지면서
멀리까지 보기를

저녁 해 떨어지며
노을이 타오르고

어두운 밤하늘에
별들이 뿌려지고

마음이 높아지면서
멀리까지 보기를

지나가는 계절

오전에 시간마다
어디로 달려가고

오늘도 밤이 되면
몇 시간 남아있고

그렇게 며칠 지나면
한 주일이 끝나네.

어쩌다 머뭇대며
한 계절 지나가고

계절이 사라지면
무엇이 남아있나?

그곳을 돌아보면서
아쉬움도 보내고

가을에 비우고

가을이 오려 하니
말끔히 바꾸는데

머리를 비우고서
가을을 채워봐요.

바쁘던 내 발걸음도
조금 더 늦추고서

들뜨던 마음마저
조금 더 내리고서

가만히 눈을 감고서
가을날을 보아요.

늦가을 하루

늦가을 들어서니
하루해 짧아지고

찬 바람 불어와서
걸음을 재촉하니

긴가에 남아있던
은행잎 떨어지고

앙상한 나뭇가지
부르르 떨리는데

희뿌연 어둠 속에서
다가오는 초겨울

벼 이삭 트이고

그늘도 없는 논에
벼 포기 무성한데

냇가에 바람 불면
포기들 흔들리고

빼곡한 줄기 사이에
여린 이삭 보이네

무더위 계속되어
다니기 어려워도

새벽이 서늘하여
벼 이삭 트이는데

그때쯤 떠나가신 분
돌아오지 못하고

가을 야생화

늦가을 야생화는
마르고 쓰러지고

갈잎에 섞어져서
바람에 나뒹굴고

검붉고 화려하지만
가을 속에 묻히네.

단단한 줄기들은
껍질이 벗겨지고

탐스런 열매들은
시들어 빛을 잃고

한쪽이 쭈그러져서
앙상하게 보이네.

겨울 배추

찬바람 불어와도
하루를 안심하고

어쩌다 머뭇대며
한동안 버티다가

무서운 서리 맞고서
주저앉고 말았네.

이파리 얼어붙어
시들어 초라한데

색깔은 푸르지만
생기는 사라지고

한낮에 햇살 받아도
일어나지 못하네.

계절이 바뀌고

한 계절 지나가니
앞산이 가려지고

한 계절 지나가니
너른들 가려지고

한 해가 지나가는데
먼 산까지 가리네.

저 멀리 나아가야
작은 산 보이겠고

더 멀리 나가보면
너른들 보이겠고

다음 해 시작되면서
먼 산까지 가야지.

향기 나는 밥집

둥그런 접시에다
음식을 담아내서

미소를 지으면서
가만히 자리 잡고

아무 말 하지 않으며
오물오물 먹어요.

따끈한 맹국에서
향기가 우러나고

새하얀 쌀밥에는
향기가 퍼져나가

여러 번 오고 싶은데
영업 중단 써있네.

눈길 발자국

눈길을 걷다 보면
어디로
가게 되고

언덕 위 숲속까지
발자국
남기는데

소나무 숲속에서
오던 길
돌아보니

발자국
보이지 않고
눈길마저 덮이고

남겨진 농가

몇 해 전 이른 봄에
할아버지 떠나시니

산길에 칡넝쿨이
무성히 우거지고

뒷마당 낮은 울타리
무너져서 깔리고

이듬해 가을 무렵
할머니 떠나시니

담장에 호박넝쿨
그대로 엉겨있고

앞마당 가로질러서
잡초 더미 덮이고

번드리 밤나무

번드리 마을에는
풀들이 베어지고

골짜기 올라가며
나무도 베어져서

다섯 개 봉오리까지
사시사철 헐벗네.

땔감이 부족해도
밤나무 남아있고

산기슭 주변마다
무성히 자라나서

가을이 들어서면서
토종 밤톨 구르네.

불 꺼진 식당

번드리 삼거리에
아담한 하얀 식당

지난봄 단장하여
깔끔해 보였는데

초가을 나들이 계절
실내 전등 꺼졌네.

삼거리 지나가며
간판을 쳐다보며

손님들 앉았는지
창문을 보았는데

관광객 지나가지만
실내 불빛 꺼졌네.

한적한 초등학교

어린이 등교 시간
정문이 닫혀 있고

깃발은 날리는데
운동장 조용하여

교실을 들여다보며
지난 세월 더듬네.

줄지어 놓여있던
책상도 없어지고

선생님 가르치던
교탁도 없어지고

허름한 칠판 위에는
교훈 액자 남기고

* 여천읍 고무초등학교

넓은 논길

번드리 들판에는
가을 벼 눈부신데

이번 주 베어지고
다음 주 베어지면

들판은 비어진 상태
짧은 햇살 아쉽네.

논길을 밟으면서
저만치 가다 보면

어찌나 넓었던지
온종일 걷게 되고

가을은 깊어 가는데
강변까지 이르네.

제2부

오봉산 아래 정원

꽃모종 작업

다리가 시끈거려
삽질은 쉽지 않고

어깨가 결려대니
낫질도 힘이 드네.

무릎이 아프기에
호미질 버거우니

허리를 펴고 나서
두리번거리는데

봄 햇살 쪼아대니까
작은 얼굴 따갑네.

봄비 정원

온종일 지루하게
봄비가 쏟아지니

심어 둔 꽃모종은
젖어서
즐거운지

고개를 쳐들고서
빗살을
반기는데

멀리서
들른 손님들
바쁜 발길 묶이고

봄 산책

모처럼 시간 내어
들길을 걸어가면

길가에 새싹들이
조금씩
솟아나서

무엇이 나오는지
천천히
살펴보면

댕댕이 끙끙대며
주위를 살피는데

조그만
댕댕 주둥이
살짝 튀어나오네.

박물관 멍멍이

고문리 들어가면
박물관 보이는데

벚꽃은 떨어져도
벚꽃길 여전하고

수선화 시들어도
계단은 여전한데

계절이 지나가니
멍멍이 사라지고

개집은 남아있는데
넓은 마당 비었네.

꽃가루 적시고

꽃가루 날아드니
창문을 닫아두고

꽃가루 날아가니
아기는 눈을 감고

부슬비 소리 들려서
창문을 열어보니

어느새 비가 내려
나무들 에워싸고

젖어 든 나뭇잎에
빗물이 흐르는데

꽃가루 씻어 내면서
마당으로 흐르네.

하늘 그림

새파란 하늘에다
그림을 그리다가

더워서 지치는데
바람이 불어오고

구름이 따라오면서
흰 그림을 그리네.

바람이 지나가니
구름도 따라가니

모양은 어그러져
산산이 흩어지고

바람이 다시 불면서
빈 하늘만 남았네.

수그리고

기세 높은 열기
이제 수그리고

지루한 더위도
한풀 수그리고

격렬한 태풍도
바로 수그리고

내 마음도
좀 더 수그리고

부서지는 별들

무더운 여름밤에
새하얀 작은 별들

하늘에 가득 차서
바람에
부딪히며

하늘을 가로질러
부서져
흩어지고

수풀에
떨어지는데
나뭇가지 사이로

봄날 정원

오봉산 둘러서서
찬바람 막아주니

산 아래 아늑하여
봄날이 포근하고

산수유 터져 나오고
수선화도 오르고

시화전 구경하러
손님들 드나들며

정원에 심어놓은
꽃모종 바라보니

한두 번 비를 맞으면
다투어서 피겠지.

글벗 행사

예쁜 글 나누면서
마음도
나누면서

이따금 모이는데
한 계절
지나가네.

정원에 변하면서
글들도 바뀐다네

작가들
기뻐하면서
밝은 미소 머금고

두 종류 수선화

호숫가 언덕에는
수선화 만발하여

별처럼 무리 지어
바람에 흔들리고

*바닷가 따라가면서
노란 물결 이루고

박물관 정원에는
수선화 피어나서

걸개를 바라보며
바람에 흔들리며

고개를 쳐들어 보며
노란 리본 만드네.

* 윌리엄 워즈워스 시 인용

씨앗 뿌리는 분들

이른 봄 산자락에
시인들 모여들어

소식을 나누면서
웃음소리 들리고

이야기 씨앗 만들어
여기저기 뿌리네.

곳곳에 싹터나면
걸개에 쓰여지고

마당을 빙 둘러서
걸개를 걸어두면

이야기 나누는 소리
여기저기 들리네.

수선화 두 송이

토요일 흐린 날에
두 송이 피어나니

내일도 흐려지니
두 송이 피어나고

다음날 비 내리면서
서너 송이 나오고

다음 주 맑아지면
한 번에 피어나서

돌계단 올라가면서
노란 물결 깔리네.

수선화와 댕댕이

수선화 보고 싶어
댕댕이 따라가요.

봄바람 들어오는
마당 옆 돌의자에

댕댕이 마주 보면서
자리 잡고 앉아요.

마당 위 한구석에
수선화 피어나서

봄바람 사귀어서
간간이 한들대도

댕댕이 무척 피곤해
내 품에서 잠드네.

튤립 두 송이

잎사귀 올라가며
꽃송이 벌어지고

줄기에 한 송이씩
어올려 피어나고

한 송이 바라보면
연하고 노르스름

한 송이 쳐다보면
연하고 불그스름

어디를 바라보는데
지나가는 봄빛을

늦은 홍매화

먼 산을 바라보면
연하지만 푸르고

산벚꽃 드문드문
하얗게 드러나네.

홍매화 늦게 피어
불꽃이
일어나니

사월이
가기 전인데
불그스레 불타네.

오봉산 철쭉

아이들 자라나서
도시로 떠나가고

나무꾼 지게 받침
썩어서
부러지니

수풀이 우거지고
산길은
사라져도

해마다
깊은 산속에
붉은 철쭉 피겠지.

봄비 마당

번드리 마당에도
부슬비 스며드니

피어난 철쭉들도
얼굴을
식히는데

늘어선 걸개들도
이야기
멈추고서

들뜨던
봄날 기운을
차분하게 내리네.

튤립과 종소리

종소리 울리기를
튤립은 기다리네.

손님이 들어와서
작은 종 두드리면

글벗의 집시 나외서
반가이 맞이하니

튤립은 계단에서
가만히 기다리네.

손님이 들어오면서
종을 세 번 치기를

옥수수밭

.

메마른 자갈밭에
빗물이 스며들어

단단한 씨앗에도
물기가 스며들고

껍질이 풀어져서
단번에 터져나네

자갈을 헤집고서
꼼꼼히 돋아나니

산 아래 너른 텃밭은
파릇하게 변하네.

어두운 산길

산속에 비 내리니
수풀은
짙어지고

산안개 올라오니
산길도
가려지고

산 아래 망설이는데
저녁 해는 저물고

마음이 조급하여
발길을
되돌리며

서둘러 내려가는데
다시 저기 아래로

짙은 안개

안개가
너무 짙어
앞길을 안 보이니

속도를
줄이면서
천천히 기어가네.

한동안
기다리면
햇살이 퍼지면서

안개가
빠져나가고
먼 길까지 보여야

비 오는 정원

한여름 들어서니
절반이
지나가고

한탄강 건너가서
산 아래
들러보니

빗방울 굵어지며
정원은
축축한데

아무도
오지 않지만
글꽃들을 만나네.

비 소식 전하고

어제도 비 내려서
소식을
전했는데

오늘도 비 내려서
소식을
전하는데

빗살이 거세어서
발길을
잡아대니

빗방울
바라보면서
빈 마음을 전하네

큰비 예보

장대비 내린다고
여러 번 들었는데

한동안 고요하니
내리지 않으려나

창문을 반쯤 열어서
밤공기를 마시네.

한 손을 흔들어서
하늘을 헤쳐보고

밤비를 기다리다가
깊은 잠에 빠지네.

무더운 밤비

한여름 하루종일
장맛비 내리다가

저녁이 지나가고
밤까지
이어지네.

빗줄기 요란해도
여전히
무더워서

창문을
열지 못하니
빗소리도 닫히네.

배롱나무 불꽃

대기는 타올라서
숨쉬기 어려운데

열기에 데워져서
불꽃이 피어나고

불그레
타오르면서
백 일 동안 빛나요.

골목집 마당에서
시골집 마당에도

온종일
타오르면서
한여름을 데워요.

더운 걸개들

무더운 한여름에
글벗골 들어가면

걸개들 그늘에서
그림을 훑어보고

시들을 읽어보면서
더운 마음 식혀요.

무더운 들바람에
걸개들 휘날려서

시들이 날아가도
그림이 지워져도

빈 걸개 바라보면서
더운 마음 내려요.

글벗 피서

더위를 피하려고
먼 길을 가려는데

교통이 체증되어
가는 길 고달프면

일정을 조금 바꾸어
글벗 마을 오세요.

그곳에 들어가면
차 소리 안 들리고

수풀이 우거져서
사방이 한산하니

정원에 걸터앉으면
내 마음이 보여요.

새벽 공기

한밤에 일어나서
창문을 바라보고

너무나 답답해도
그대로 잠에 들고

또다시 일어나서
거실 창문 열어요.

무더위 가라앉고
바람이 들어오니

작은 입 크게 벌리고
찬 공기를 마셔요.

풀벌레 소리

새벽이 밝아 오면
서늘한 바람 불고

더위가 지나가면
풀벌레 소리 나니

들길을 걸어가면서
기웃기웃 거리네.

여기를 살펴보고
저기를 올려보며

풀 사이 어디에서
소리가 들려오면

가는 길 바쁘더라도
걸음걸이 더디네.

오봉산 산짐승

오봉산 언저리에
산길이 막혀지고

덩굴에 뒤덮여서
더듬기 어려운데

한밤에 산짐승들이
새벽까지 거니네.

불빛이 이끌려서
아래로 내려오고

정원을 거닐면서
걸개를 돌아보고

사방을 기웃거리며
밤나무길 오르네.

서늘한 밤

온종일 기다리며
저녁이
지나가고

어둠이 찾아오면
더위도
가라앉고

바람이 서늘하여
소란하지 않아도

나뭇잎
흔들거리니
바람 소리 들리네.

씨앗 공원

번드리 마을에는
사람들 떠났는데

산 아래 너른 터에
수풀이 우거지고

"종자와 시인 박물관"
번들 마을 지키네.

좁은 길 들어가서
돌계단 올라가면

귀중한 토종 씨앗
알알이 담겨 있고

시인들 남긴 이야기
구석마다 걸리고

가을 산책

저 멀리 걸어가면
무엇이
보일까요?

새파란
하늘 아래
무엇이 보일까요?

물가에
갈대 수풀이
마음대로 날리고

그곳으로 가면

오늘은 서두르며
어디로 가시는데

가을에 만나려고
그곳에 가시는데

한낮은 점점 짧아서
일찌감치 저물고

발걸음 재촉하여
조금만 가다 보면

저녁에 해질 무렵
가을도 깊어 가고

그곳에 들르게 되면
싸늘할지 모르죠.

나뭇잎 냄새

하루가
지나면서
나뭇잎 떨어지고

댕댕이
지나가며
걸음을 멈추고서

낙엽에
코를 대면서
가을 냄새 맡아요.

가을 소나기

가을비 쏟아지니
나뭇잎
젖어 들고

빗방울 차가워도
온종일
견디다가

한밤에
벌벌 떨면서
불그스레 물드네.

저녁 들국화

저녁 해
일찍 지고
땅거미 깃드는데

들국화
피어나서
밭길을 비춰주니

반달이
오를 때까지
마을 길이 환하네.

고소한 들깨 향기

오봉산 비탈밭에
쌓여진 마른 다발

도리깨 휘두르며
들깨가 털려지니

서늘한 저녁 하늘로
들깨 향기 날리네.

냇물을 건드리며
마을로 내려가고

울타리 넘어가며
큰길로 퍼지면서

고문리 아랫마을로
들깨 향기 날리네.

짧은 한 달

이번 달 초순부터
하던 일 마치려고

며칠간 서두르다
팔목이 아프면서

하던 일 중단하고서
잠시나마 쉬는데

이번 주 초반부터
일찍이 서둘러도

저녁해 짧아지고
한 달이 지나가고

다음 주 추워진다니
벌써부터 떨리네.

개울 낙엽

다섯 개 산봉우리
줄지어
내려가고

산줄기 틀어지며
넓은 터
이루는데

계곡물
흘러 나가며
낙엽 조각 띄우네.

오봉산 별들

다섯 개 봉오리에
별들이 머무는데

어두운 한밤에는
소리도 나지 않고

봉오리 별들 멈추고
산속 마을 비추네.

마당에 산벚나무
여리게 흔들대니

한 가락 산바람이
슬며시 내려와서

마당을 한 번 돌아서
별빛 보며 나가네.

* 연천 고문리 "종자와 시인 박물관"

오봉산 고드름

밤사이 스며 나온
차가운
샘물 방울

바위에 스며들며
그대로
얼어붙어

매끄런
속살 보이며
길어지고 마는 듯

차가운 초승달

초승달 빛을 잃어
밤하늘
컴컴하고

찬바람 내려오니
밤하늘
차가운데

먹구름 흩어져도
초승달
따라가며

먹구름
깊은 속으로
슬며시 들어가네.

답답한 댕댕이

장맛비 그치기를
어제도 기다리고

오늘은 인내하고
내일을 기대하며

햇살을 맞이하면서
나가기를 바라요.

새까만 발바닥이
발발발 뛰어가면

하늘을 휘저으며
크림색 털 뭉치가

선선한 바람을 타고
가볍게도 날려요.

새빨간 혓바닥이
헤벌레 늘어지고

달리다 피곤하면
갑자기 멈추고서

고개를 살짝 숙이고
뒷발질하다가

고개를 쳐들고서
앞발을 두드리며

내 품에 뛰어오르며
앙앙앙앙 짖어요.

제3부

한탄강 물빛

산길 봄비

봄비가 촉촉 내려
산길로 걸어가면

발길도 젖어 들고
옷깃도
젖어 들어

나무 아래 들어가
빗물을
털어내면

젖어 든
머리카락에
하얀 벚꽃 내리고

한탄강 검은 물빛

계절은 푸르지만
강물도 푸르다가

한 굽이 돌아가면
검은빛 흘러가니

한탄강 굽이굽이에
무슨 사연 있겠지.

절벽이 거뭇하고
곳곳에 다친 사연

바위도 거뭇해서
곳곳에 멍든 사연

물속에 스며드는데
아무 말도 못 하고

아미천 아미마을

고대산 자락에서
아미천 맑은 물은

동막골 계곡에서
열두 번 돌아가며

너른들 가로질러서
한탄강물 만나네.

열 굽이 흐르면서
임진강 들어가고

아미산 바라보며
아미리 지나가네.

너무나 아름다워서
미인 눈썹 같아서

강 건너 저곳

강 건너 저곳에는
마을이 보이는데

강물이 흐르다가
바위에 막히더니

하루가 지나가면서
얼어서 한적하네.

물가에 누런 갈대
줄지고 무리 지어

찬바람 맞으면서
바르르 날리는데

강 건너 저 마을에도
사람들이 살았지

애처로운 이야기

산바람 내려와서
폭포에 부딪히고

강물은 얼어붙어
눈길로 변하면서

차가운 강물에는
사연이 담겨지네.

내려오는 이야기
내려가는 이야기

아무도 말하지 않는
가슴 저민 이야기

서글픈 자국

슬프고 어려워도
시간이 지나가면

상처도 아물어져
자국도 없어지고

모든 일
잊어버리고
지우고만 싶은데

불현듯
떠오른다면
서글픔이 남았나.

아우라지 물길

영평천 흐르면서
큰물을
만나는데

어디에서 오는지
어디로
흐르는지

말하지 않으면서
알려고
하지 않고

한동안 망설이며
천천히 섞이는데

한 굽이
돌아나가서
아우라지 물길로

재인 공원 벚길

폭포를 찾으려고
둘레길
들어가면

벚꽃이 흩날리며
글들이
걸려있고

시들을 읽으면서
천천히 걸어가면

산바람
내려오면서
폭포 소리 들리네.

숨은 한탄강

큰 강이 있다기에
물길을 찾으려고

넓은 들 지나가도
냇가는 보이지만

한동안 돌아다녀도
강줄기는 숨었네.

산길을 내려가면
계곡이 보이는데

좁은 길 들어가면
절벽이 가파른데

파내고 깎아내면서
절벽 아래 흐르네.

청산면 물길

초여름 들어서니
산길이 무성하고

영평천 흐르는데
물빛은 투명하고

산자락 사이 지나서
한탄강물 만나네.

다리를 건너가면
너른들 펼쳐지고

절벽은 보이지만
강물은 내려앉아

물빛은 알 수 없지만
서쪽으로 흐르네.

한탄강 장마

장맛비 쏟아져서
강으로 들어가고

바위가 단단하여
부딪쳐 부서지고

굽이쳐 요동치면서
의연하게 버티네.

절벽을 바라보며
급하게 흐르는데

확 트인 계곡에서
우람한 물줄기가

거칠게 내려오면서
부대끼며 섞이네.

재인 물빛

가을이 오려는데
번드리 너른 들에

찬 바람 불어오고
기러기 날아오고

바람이 차가워지면
제인 물빛 변하네.

폭포를 지나면서
연하게 갈색에서

절벽을 바라보며
짙어진 갈색으로

강물은 흘러가는데
물소리는 고요히

한탄강 국화꽃

한탄강 건너면서
가을 길 지나가면

무성한 나무들은
하룻밤 지나면서

무엇에 지쳐가는지
갈색으로 변하네.

저녁해 짧아지고
발길은 뜸하지만

풀벌레 우는 소리
쓰르르 들리는데

국화꽃 피어나면서
가을밤을 밝히네.

추운 재인폭포

깊숙한 재인폭포
가을비 쏟아지니

펼쳐진 나무들은
온종일 젖으면서

이제부터 추워진다고
소곤대며 으스스

찬바람 불어오고
가랑잎 떨어지면

낙엽은 뒹굴어도
발길은 뜸해지고

추워질 일만 남으니
오늘까지 가을날

토토봉 찬바람

재인봉 꼭대기에
찬바람 내려오니

둘레길 바람개비
뱅그르르 돌아가고

걸개들 펄럭거리고
부스 엽서 날리네.

한가한 관광객들
천천히 걸어가며

바람이 차가운지
옷깃을 다듬고서

두 손을 비벼대면서
서둘러 떠나네.

불탄소 물빛

강물은 내려가며
한 굽이
돌아가며

바위에 가로막혀
머물며
깊어지고

절벽을
바라보면서
옥색으로 변하네.

불탄소 소나무

불탄소 한켠에는
절벽이
가파른데

소나무 뿌리 박고
강물만
바라보며

비바람
맞으면서도
거친 세월 견디네.

절벽 글씨

한탄강 비 내리면
절벽이
젖어 들어

주르르 흐르면서
글씨가
쓰여지고

사연을
전하려는데
읽으려니 마르고

찬바람 낙엽

하룻밤 지나가면
찬바람
불어 대고

나뭇잎 날아가서
강물에
떨어지면

물살이
너무 빠르니
돌아올 수 없겠네.

노란 코스모스

샛노란
코스모스
수없이 피었는데

밤마다
무리 지어
무슨 말 나누는데

재인봉
차가워지면
오는 발길 뜸하고

얼굴이
차가우니
꽃봉오리 접자고

슬픈 좌상 바위

쓰여진 이야기는
여전히 점잖은데

들리는 이야기는
아직도 애처롭네

어려운 시절 보내며
오죽하면 그랬나.

고단한 세상살이
영원히 이별하려

이곳에 올라가서
가벼운 몸 던지면

눈물이 얼굴 적시고
강물은 흐르고

* 좌상바위는 예전에 '자살 바위'로 불렸었다,

은빛 재인폭포

폭포수
은빛으로
사계절 떨어지며

폭포 벽
젖어 들어
이끼는 검어지고

펼쳐진
옥빛 쟁반에
고요하게 담기네

이제 내려놓고

타오른 열정마저
이제는
내려놓고

차가운 아픔마저
이제는
내려놓고

지나간
많은 이야기
가을 속에 남기고

아쉽고
슬픈 기억들
낙엽 속에 묻히고

붉은 절벽

절벽을 돌아가며
가을이
물드는데

낮에도 붉어지고
밤에도
붉어지고

바람이 지나가면
붉은 잎
날리는데

강물에
떨어지면서
붉은 물살 흐르고

슬픈 여울

차갑게 흐르다가
절벽에
머무는데

해마다 이맘때쯤
물빛이
짙어지고

여울이 고이면서
이야기 고이는데

너무나
아픈 사연을
여울 속에 남기네.

추운 공원길

한탄강 거슬러서
찬바람 지나가고

오봉산 골짜기로
눈보라
휘날려도

둘레길
걸린 시들은
재인폭포 지키네.

한겨울
정든 이야기
따스하게 담고서

시화전 발길

따가운
가을 햇살
재인골 퍼져나니

늘어선
걸개들은
갈대와 어울려서

다정히
소근대는데
너와 나의 이야기

말없이
바라보면서
우리 가을 이야기

물드는 나뭇잎

가을비 흩날리면
빗물을 털어내고

옷깃을 여미면서
고개를
숙이는데

수줍음 모르고서
얼굴을
드러내면

하룻밤
지새고 나면
벌게지는 얼굴들

제4부

흘러가는 이야기

숭의전 축대

참으로 오랜 세월
불타고 무너져도

그대로 남아 것은
담장에 허연 축대

앙암재 아래 석축은
두 단과 낮은 세 단

천경문 아래 석축은
여섯 단에 아홉 단

부서져 굴러내린
임진강 검은 바위

다듬고 들어 올려
석축을 쌓았는데

한 많은 지난 세월이
검은 돌에 스몄네.

숭의전 물길

잠두봉 절벽 아래
임진강 흐르지만

느티나무 우거져서
물길은 안 보이고

바람에 물소리 들려
강물인가 여기네.

개경에 가는 길은
해마다 너무 멀고

세월도 사나워서
갈 수도 없다지만

임진강 흐르고 흘러
서쪽 바다 이르네

느티나무 두 그루

절벽 아래 흐르는
강물을 바라보며

잎사귀 띄우고서
가을을 전하는데

서쪽을 바라보는데
개경 땅이 그리워

절벽에 불어오는
강바람 차가우면

잎사귀 날리면서
소식도 날리는데

숭의전 옆에 있으나
개경 땅을 향하여

왕순례 묘소

개성의 왕손으로
세월을 피하면서

수백 년 숨어들어
다행히 살아남아

숭의전 제사하며
조상을 받들다가

그늘진 산비탈에
허전히 잠들었네

산으로 막혀져도
서쪽을 바라보며

* 왕순례 : 고려 왕씨의 후손으로 고려 왕실 숭의전 제사를 담당
* 묘소: 경기도 연천군 미산면 아미리 소재

학곡리 돌무덤

거대한 돌무덤을
강 위에 쌓았는데

돌마돌 마을에서
수많은 둥근 돌을

지게에 담아 메고서
굴리면서 나르네.

할머니 따라가며
주문을 외우는데

돌 하나 던지면서
소원을 말하는데

힘차게 '활짝각담'을
간절하게 바라며

* 활짝각담: 돌무덤 쌓으면서 부르던 주문으로, 돌무덤 이름
  연천 학곡리 마귀할멈 전설

학곡리 고인돌

학곡리 넓은 들판
임진강 흐르는데

절벽 위 한켠에는
고인돌 번듯한데

돌기둥 두 개 세워서
돌 쟁반을 받히고

감악산 바라보며
의젓이 서 있는데

수천 년 지나도록
검은 빛 변치 않고

절벽 아래 흘러가는
강물 소리 들으며

고인돌 덮개

두꺼운 굄돌 위에
덮개돌 올려지고

빗물이 담겨지고
억새풀 자라나서

시꺼먼 돌 덩어리에
작은 연못 이루네

수천년 지나가도
그 자리 지키는데

덮개에 고인 물은
언제나 한 뼘 깊이

자라는 갈대 줄기는
두 뼘 높이 그대로

* 연천 학곡리 소재 고인돌

학곡리 큰 돌

임진강 흐르는데
큰 돌을
들어 올려

평평한 절벽 위에
고인돌
세웠는데

강물은 흘러가도
절벽은
깎여져도

받침돌
기울어져도
검은 색깔 진하고

* 연천 학곡리 소재 고인돌

돌무지무덤

돌마돌 마을에는
큰 돌이
쌓였는데

흐르는 강변에서
강돌을
옮겼기에

돌무지
무덤 안에도
강물 소리 들리네

* 연천 학곡리 소재 고인돌

읍내리 산소길

읍내리 고개 아래
몇 가구 남았는데

사람들 떠나가니
집들도 무너지고

오래된 산기슭 밭은
풀밭으로 변하고

수풀에 작은 무덤
봉분만 드러나고

길가에 올라가서
수풀을 헤치는데

누군가 잡초를 베고
오르는 길 놓았네.

말턱고개 약수터

말턱고개 약수터
저 위에 있다는데

가는 길 한적하여
한참 더 오르는데

이름이 기이하기에
몇 굽이나 올라도

약수터 안 보이고
소나기 쏟아지니

머리는 흠뻑 젖고
밤꽃을 밟으면서

오던 길 내려오면서
한탄강물 향하네.

* 말턱고개 약수터: 연천군 청산면 초성리 소재

읍내 햇끌 냇가

북동쪽 산줄기에
봉오리 보이는데

가마봉 넘어가면
폭포가 있을 테고

저 아래 햇골 냇가로
들판을 지니는데

아래로 내려가서
한탄강 만나려면

계곡이 거칠다 해도
거침없이 흘러야

읍내리 뒷산

뒷산에 산소들은
수풀로 울창한데

겨울에 떠나오며
산길을 기억하니

무덤은 여기 누워도
영혼은 가셨겠지.

그 옛날 오신 산길
더듬어 밟으면서

한걸음 디디면서
되돌아 가셨는데

육신은 여기에 두고
북쪽 고향 가셨네.

* 연천 읍내리 산소들

읍내리 성묘

읍내리 산 중턱에
묘지들 보이는데

산길은 희미해도
잡초는 제거되어

추석이 다가오면서
성묘객들 오갔네.

반대편 무덤들은
잡초가 무성하여

덮혀진 덤불 뚫고
산짐승 드나들고

한두 해 지나가면서
주저앉는 무덤들

구석기 사람들

전곡리 사람들은
수만 년 동안이나

강변에 떨어져서
숲속에 살았는데

절벽을 오르내리며
옛 흔적을 남기고

수만 년 지나가도
절벽은 변치 않고

수천 년 지나가도
물길도 여전한데

사람들 몰려들면서
새 흔적이 보이네

통현리 고인돌

수천 년
비바람에
한쪽 벽 무너지고

수천 년
눈보라에
한쪽 벽 뚫어져도

덮개돌
쳐 받들고서
의연하게 서 있네

신답리 옛 무덤

천년이 지나면서
봉분이
내려앉아

언덕과 다름없이
잡초에
파묻히고

소먹이 자라나지만
석실 안은
그대로

농작물
재배하지만
의젓함은 그대로

조각난 고인돌

검은 돌 당당하게
수천 년 서 있는데

받침돌 견고하고
덮개석 널찍하여

하늘을 떠받치면서
으뜸으로 보이네.

옆 구석 돌무더기
산산이 부서지고

땅속에 처박히니
모양도 알 수 없고

수천 년 모진 세월을
이겨내지 못하고

* 통현리 고인돌 잔해

성벽 흔적들

아득한 시절부터
차가운 북쪽에서

사람들 내려오고
사람들 내려와서

곳곳에 터전을 두고
평화롭게 살다가

산지를 깎아내어
산성을 둘러치고

평지를 다듬어서
토성을 올려치고

절벽을 끼고 들면서
바위 성곽 두르고

38선 표지판

한탄강 구부러져
강물은
흘러가도

38선 똑바르게
거슬러
올라가네

절벽을
타고 넘어서
너른 벌판 지나며

그날의
처절한 아픔
기억이나 하는지

신도비 상처

육백 년 오랜 시절
공적을 새겨 놓은

신도비 검은 돌에
총알이 박혀지고

글자는 파손되어서
녹슨 물이 흐르네.

나라를 지키려고
갑옷을 걸치고서

창검을 움켜쥐고
말 타고 나아가서

북방을 평정하고서
남쪽 왜구 쳐내고

나라를 구하면서
평안올 바랐는데

육백 년 내려가서
육이오 전쟁통에

서로들 총질해대니
신도비가 깨졌네.

* 심덕부: 고려 말기, 조선 초기 공신
* 심덕부 신도비: 연천군 미산면 아미리 소재

기황후 능터

한겨울 북쪽 바람
참으로 매서운데

사방의 남쪽 창검
모질게 사나워서

중원을 뒤로하고서
북쪽 장성 넘는데

광활한 초원에서
메마른 사막에서

매서운 겨울바람
낯설 수 없었는지

한 무리 이끌어가며
초원에서 멈추네.

천하를 내려놓고
큰 짐을 벗어놓고

포근한 고향 나라
무지개 뜨는 나라

그리운 고려 땅으로
혼백으로 돌아와

산천이 보고 싶고
물길이 그리워서

언제나 고향 생각
내 가족 그리워서

개경을 멀리 등지고
한탄강 바라보네.

 * 기황후 능터: 연천군 연천읍 상리
 * 기황후: 고려 출신, 원나라 말기 황제인 순제의 황후

한탄강의 물빛, 연천을 품은 글빛

- 심재황 열세 번째 시집 『한탄강 여울 소리』

 중국 당나라 때 시인 백거이(白居易)는 "시는 정(情)을 뿌리에 두고 언어(言語)로 싹을 틔우며, 음률(音律)로 꽃을 피우고 의미(意味)를 열매로 한다."고 말한다.

 나는 기회가 있을 때마다 시와 시조의 묘사법으로 선경후정(先景後情)의 전통적인 기법을 강조하곤 한다. 자연에서 사물에서, 혹은 내 삶에서 보고 들은 바를 묘사하고 감회를 글로 표현하는 것이다. 다시 말하면 시와 시조 쓰기는 참다운 삶의 기록이다. 시와 시조는 산문과 달리 단어를 효율적으로 활용해야 한다. 무조건 짧게 쓰라는 의미가 아니다. 압축된 언어로 대상을 표현해 보라는 의미다.

 심재황 시인은 그런 의미에서 참삶의 기록자라고 말하고 싶다. 발로 삶을 확인하고 손으로 시를 쓰는 시인이기 때문이다. 이번에 열세 번째 시집 『한탄강 여울소리』를 발간한다.

 심재황 시인은 필자가 존경하는 시인이자 학자다. 시인은 인천 강화도 국화리 출신으로 현재 안양에 거주하고 있다. 2022년 국제문학에 시와 수필로 신인상을 받으면서 문학계에 등단하여 한국문인협회 회원, 글벗문학회 회원으로 활동하면서 시집만 열두 권을 출간한 바 있다. 더욱이 언어학(영문학) 박사로 언어와 문화, 영어교육, 한국어교육에 각별한 관심을 갖고 중앙대, 가천대, 경기대, 아시아신학대 외래교수로 후배 양성에 전념하고 있다. 현재 세계사이버 대학 실용영어학과 겸임교수이자 융합영어영문학회 학술 이사로 활동하고 있다. 금번에 발간하는 시와 시조집 『한탄강 여울 소리』외 12권의 시집 외에 학술적인 전문적인 서적도 6권이나 출간한 바 있다. 대표적인 저서는 올해 출간한 번역서『조선 나라 이야기』(원저자 Joseph Henry Longford, 나리북스) 가 있다..

심재황 시인은 2024년에 글벗문학회에 가입하면서 인연을 맺었다. 특별히 연천에 대한 그의 애정이 그 누구보다도 남다르다. 연천 지역을 직접 찾아가 답사하면서 그 속에 서린 이야기와 지명 유래는 물론 다양한 자료를 확인하고 수집하여 자신만의 시 세계를 구축한 듯하다. 나 역시 심 시인과 연천 지역 명소를 몇 군데 함께 방문한 바 있다. 그때마다 느끼는 감회는 항상 심재황 시인의 높은 식견과 안목을 접할 수 있었다. 한마디로 무척 존경하는 학자이자 시인이다.

시는 인간의 영혼을 정화하고, 치유하면서 행복하게 만드는 참다운 길이다. 어떻게 하면 시를 잘 쓸 수 있을까? 심재황 시인은 오늘도 스스로 묻고 또 찾아가고 있다. 시는 기쁘거나 우울할 때, 재미있는 일이 있어서 누군가와 나누고 싶을 때, 그리고 반갑고 즐거운 일이 있을 때 어김없이 글을 쓴다. 이에 열세 권의 시집 『한탄강 여울소리』는 "한탄강의 역사의 발길을 직접 찾아가서 쓰는 기행시"라고 말하고 싶다.

"말과 글은 그 사람 인격의 씨앗이다."

이는 연천의 종자와시인박물관 신광순 관장님의 말씀하신 내용이다. 연천의 종자와시인박물관 시인전시관에 전시된 글이기도 하다. 분명 시인의 말과 글은 다시 씨앗이 되어서 이웃에게 혹은 후손들에게 전해지기 마련이다. 바로 정나눔이 그렇고 글 나눔이 그렇다.

그런 의미에서 심재황 시인의 열세 번째 시집 『한탄강 여울소리』는 우리에게 전하는 의미가 각별하다.

차갑게 흐르다가
절벽에
머무는데

해마다 이맘때쯤
물빛이
짙어지고

여울이 고이면서
이야기 고이는데

너무나
아픈 사연을
여울 속에 남기네.
– 시조 「슬픈 여울」의 전문
–

시집의 표제 시조라고 할만한 그의 대표적인 시조 작품이다. 시인은 물빛이 짙은 한탄강의 물을 어디에서든지 만나면 여울에 고인 아픈 사연을 담은 이야기가 있다고 말한다. 그 이야기는 도대체 무엇일까?

계절은 푸르지만
강물도 푸르다가
한 굽이 돌아가면
검은빛 흘러가니
한탄강 굽이굽이에
무슨 사연 있겠지.

절벽이 거뭇하고
곳곳에 다친 사연
바위도 거뭇해서
곳곳에 멍든 사연
물속에 스며드는데
아무 말도 못하고
– 시조 「한탄강 검은 물빛」 전문

한탄강은 역사와 전쟁의 소용돌이에서 무수한 애환을 담은 이야기들이 많다.

한탄강의 원래 이름은 한여울 즉, 대탄(大灘)에서 유래하였다. 김정호가 지은 대동지지 김화편과 고문헌에 대탄강이라는 고유지명이 나와 있다. 한탄강은 민족의 비원과 탄

식의 역사와 관련된 여러 전설이 남아 있다.

심재황 시인의 시와 시조는 호기심에서 출발한다. 그의 탐구심은 대단하다. 연천의 종자와시인박물관을 매번 오가면서 연천에 대한 호기심과 궁금증이 발동하여 직접 찾아가 답사하고 확인한다. 더욱이 대상에 대한 모든 정보를 직접 답사하면서 적바림하는 것이다. 사물에 대한 인상과 역사 그리고 그의 내력까지 끊임없이 탐구하고 연구하고 기록한다. 그리고 그 역사와 사실을 끊임없이 글로 표현한다. 우리와는 상관없을 것 같은 삶의 현장과 사람살이의 파란만장한 그 고통스러운 삶과 슬픔, 그리고 희열의 순간까지도 그는 매의 눈으로 바라본다. 기쁨과 경이로움, 모순과 부조리가 있는 삶의 현장까지도 관심으로 찾아가 현장을 답사하고 그 전설을 찾아 나선다.

먼저 그의 시집 서문을 한 번 살펴보자.

연천 고장은 멀게만 생각했는데
그곳에 들러보니 한탄강 흐르고
어디로 흐르는지 궁금하기에
굽은 물길을 한참 따라가요.

움푹 꺼져 내린 철벽 아래에는
수많은 사연이 담겨 있는지
수풀 돌아가는 물빛은 푸르고
절벽에 비치는 물빛은 거무스레
비워 아래 미문 물빛은 투명해요.

산 아래 너른 들판을 지나가는데
돌아오는 계절을 만나기도 하고
지나가는 계절을 보내기도 해요.

한탄강 여울을 바라보면서
담긴 이야기와 소리를 들어요.
– 시집 서문 시인의 말 「한탄강 여울소리를 들으며」 전문

한탄강의 물을 따라가면서 절벽 아래에 깃든 수많은 사연을 직접 확인하고 봄, 여름, 가을, 겨울을 직접 겪고 확인한다. 다시 말해 현장을 직접 답사하여 현장의 이야기를 듣고 책을 통해서 그 시대의 모습을 직접 확인하는 작업이다. 이런 모습을 볼 때 심재황 시인은 시인이 분명하고 작가임이 틀림 없다.

니체(Nietzsche)는 이렇게 말한다.

"글을 쓰려면 피로 써라. (중략) 다른 사람의 피를 이해하기란 쉽지 않다. 그래서 나는 게으름을 피우며 책을 읽지 않는 자를 미워한다."

심재황 시인은 오늘도 끊임없이 만나는 대상에 대한 호기심과 관심으로 책을 탐독하고 연구한다. 더욱이 타인의 고통과 행복에 관심은 물론이고 어떤 대상에 대한 역사와 전설에 대해 관심으로 몰입한다.

거대한 돌무덤을

강 위에 쌓았는데
돌마돌 마을에서
수많은 둥근 돌을
지게에 담아 메고서
굴리면서 나르네.

할머니 따라가며
주문을 외우는데
돌 하나 던지면서
소원을 말하는데
힘차게 '활짝각담'을
간절하게 바라며
 – 시 「학곡리 돌무덤」 전문

  연천군 백학면 학곡리에 위치한 적석총 활짝각담을 소개
한 시조다. '활짝각담'은 벡제 시대의 것으로 추정되는 데
돌무덤을 쌓으면서 부르던 주문이면서 돌무덤 이름이기도
하다. 잦은 수해와 난개발로 인해 많은 부분이 유실되었다.
이로 인해 주변 마을을 '돌마돌'이라고 불렀나.
  이 시조에서 느끼는 것처럼 그의 시조는 어렵지 않다. 시
와 시조는 쉽게 써야 독자의 마음에 와닿는다. 시인이 연
천이 곳곳을 찾아서 시조를 쓰는 이유는 마음을 숨거둔 여
배이 그곳에 있기 때문이다.

    이른 봄 산자락에

시인들 모여들어
소식을 나누면서
웃음소리 들리고
이야기 씨앗 만들어
여기저기 뿌리네.

곳곳에 싹터나면
걸개에 쓰여지고
마당을 빙 둘러서
걸개를 걸어두면
이야기 나누는 소리
여기저기 들리네
– 시조 「씨앗 뿌리는 분들」 전문

　연천의 종자와시인박물관과 재인폭포에 걸린 시화전 풍경를 보고 느낀 감회를 적은 시조다. 특이한 것은 시인을 '씨앗 뿌리는 분들'이라고 비유하여 표현하고 있다는 점이다. 이는 농부는 땅에 씨앗을 뿌려서 열매를 거두는 것처럼 시인도 사람들의 가슴에 '사랑과 희망의 씨앗을 뿌린다'는 의미로 해석할 수 있다.

불탄소 한켠에는
절벽이
가파른데

소나무 뿌리 박고

강물만
바라보며

비바람
맞으면서도
거친 세월 견디네
– 시조 「불탄소 소나무」 전문

불탄소는 한탄강댐 바로 밑에 위치한 지명이다. 그곳에 식당이 위치하고 있는데 홀로 서 있는 소나무를 바라보면서 느낀 감회를 적은 시조다.

이처럼 심재황 님의 시와 시조는 일상은 물론 여행을 하다가 만나는 소재를 예리하게 순간 포착하여 거침없이 펴 내려간다. 이 시조처럼 남북분단의 아픔과 이산가족의 고통을 슬며시 표현한다.

그의 시조는 전혀 낯설지 않고, 어휘가 어렵지 않다. 때로는 감추지 않는 직설화법을 사용하여 오히려 통쾌할 때도 있다.

한탄강 구부러져
강물은
흘러가도

38선 똑바르게
거슬러

올라가네

절벽을
타고 넘어서
너른 벌판 지나며

그날의
처절한 아픔
기억이나 하는지
– 시조 「38선 표지판」 전문

　이 시조처럼 남북분단의 처절한 아픔을 38선 표지판과 한탄강을 보면서 느낀 감회를 진솔하게 표현하고 있다.
　로마의 가장 유명한 시인 호라티우스(Horatius)는 "시는 아름답기만 해서는 모자란다. 사람의 마음을 뒤흔들 필요가 있고, 읽는 이의 영혼을 뜻대로 이끌고 나가야 한다."고 말한다. 이에 동의한다. 심 시인의 시와 시조가 그렇다. 일부러 독자가 이해하기 어렵고 고리타분한 낱말을 쓰지도 않는다. 더욱이 자신을 내세우거나 아는 체하며 설명하려고 하지 않는다. 있는 그대로 진실을 그대로 전하면서 자신의 감회를 표현할 뿐이다.

고문리 언덕에서
주위를 바라보면
넓고도 번듯하여

'번들이' 되었다가
'번드리' 마을 이루어
옹기종기 사는데

세월이 지나가니
어른들 떠나시고
아이들 사라지니
학교도 빈 교실뿐
작은 길 넓어지면서
사라져간 '번드리'
– 시조 「번드리 너른 마을」 전문

연천을 여행하면서 혹은 종자와시인박물관을 방문할 때마다 만나는 다양한 소재를 예리하게 순간 포착하면서 현실의 모습을 드러내고 그 문제를 조명한다. 심 시인은 현실에서 털어놓기 힘들 것 같은 삶의 모습도 꾸미지 않는다. 솔직하게 현실 그대로의 민낯을 보여준다. 그래서 뒤끝이 없으니 선명하다. 아니 오히려 개운하다.

쓰여진 이야기는
여전히 점잖은데
들리는 이야기는
아직도 애처롭네
어려운 시절 보내며
오죽하면 그랬나.

고단한 세상살이
영원히 이별하려
이곳에 올라가서
가벼운 몸 던지면
눈물이 얼굴 적시고
강물은 흐르고
– 시조 「슬픈 좌상바위」 전문

　시의 소재인 '좌상바위'는 연천 한탄강가에 위치한 60m로 우뚝 솟은 바위다. 중생대 백악기 말의 화산활동으로 만들어진 현무암으로 바로 앞에 흐르는 한탄강과 어우러져 경관이 아름다운 곳이기도 하다. 예전에 '자살바위'로 불렸다가 '좌상바위'로 이름이 바뀌었다.
　시인은 분단의 아픔과 고단한 인생을 품은 좌상바위를 바라보면서 전혀 낯설지 않게 감추지 않는 직설화법으로 표현한다.

장맛비 쏟아져서
강으로 들어가고
바위가 단단하여
부딪쳐 부서지고
굽이쳐 요동치면서
의연하게 버티네.

절벽을 바라보며
급하게 흐르는데
확 트인 계곡에서

우람한 물줄기가
거칠게 내려오면서
부대끼며 섞이네.
    - 시조 「한탄강 장마」 전문

　시 속의 화자는 장맛비가 되어 강으로 들어가고 바위에
부딪히는 강물이 된다. 급히 요동치는 물결 속에서 절벽을
지나고 확 트인 계곡에서 우람한 물줄기를 만난다. 마침내
거칠게 내려오면서 부대낀다.
　이 시조의 이야기는 결국 우리 민족의 면면히 흐르는 역
사, 그리고 역사의 소용돌이 속에서 겪는 우리 민족의 아
픔과 고난을 비유적으로 표현했다.

타오른 열정마저
이제는
내려놓고

차가운 아픔마저
이제는
내려놓고

지나간
많은 이야기
가을 속에 남기고

아쉽고

슬픈 기억들
낙엽 속에 묻히고
– 시조 「이제 내려놓고」 전문

이 시조를 보면 화자는 열정의 삶 속에서 아픔을 내려놓고자 한다. 지나간 많은 희로애락의 이야기를 가을 속에 남기며 더불어 낙엽 속에 묻고 있는 것이다. 지금껏 겪어왔던 남북분단의 아픔은 물론이고 전란 후에 빈곤하게 살아야 했던 여러 이야기를 시인은 가슴에 묻는다. 그렇지만 현실에서 도피하거나 방치하지 않는다. 요즘처럼 사회현실에 대한 사회과학적 접근 방식으로 시를 쓰는 것도 아니다. 세상 고락 속에서 매몰되지도, 외면하지도 않는다. 그런 면에서 심 시인의 시와 시조는 인간의 삶에 대한 정서적 접근에서 시작하는 것이 분명하다.

뒷산에 산소들은
수풀로 울창한데
겨울에 떠나오며
산길을 기억하니
무덤은 여기 누워도
영혼은 가셨겠지.

그 옛날 오신 산길
더듬어 밟으면서
한걸음 디디면서

되돌아 가셨는데
육신은 여기에 두고
북쪽 고향 가셨네.
– 시조 「읍내리 뒷산」 전문

 이 시조는 남북분단의 아픔과 이산가족의 설움을 담아낸
시조다. 경기도 연천 읍내리 뒷산에는 묘소가 많다. 고향인
북녘을 바라보면서 묻힌 우리 부모님들의 묘소다. 이처럼
시인은 우리 민족의 고유한 심성인 시조를 통해서 여백의
미학으로 우리에게 말을 건다. 더욱이 절제와 응축의 묘미
를 실러서 우리에게 어운을 준다.

저녁 해
일찍 지고
땅거미 깃드는데

들국화
피어나서
발길을 비춰주니

반달이
오를 때까지
마을 길이 환하네.
– 시조 「저녁 들국화」 전문

 소설가 어니스트 헤밍웨이(Emest Miller Hemingway)는

한쪽 다리를 들고 서서 글을 썼다고 한다. 이를 본 친구가 그 이유를 물었다. 그러자 헤밍웨이는 이렇게 답한다.

"앉아서 쓰면 아주 편안하지. 그러나 써 놓은 글을 보면 문장이 지저분하게 길어. 한쪽 다리로 서서 글을 쓰면 간결하게 쓰게 되거든."

심재황 시인은 시조시인이다. 시조는 정형의 틀을 통해서 말글로 사유를 재현하는 장르다. 시조는 시대를 읽어내는 시절가이기도 하다. 따라서 현실 미학이 살아있지 않다면 일반적인 자유시일 수밖에 없다.

차갑게 흐르다가
절벽에
머무는데

해마다 이맘때쯤
물빛이
짙어지고

여울이 고이면서
이야기 고이는데

너무나
아픈 사연을
여울 속에 남기네.
– 시조 「슬픈 여울」 전문

"백보천양(百步穿楊) 삼년관슬(三年貫蝨)(백 보 거리에서 버드나무 잎을 맞히고 삼 년이면 이를 꿰뚫는다)"

중국의 고전 『열자(列子)』의 "탕문(湯問)" 편에 실려 있는 말이다. 이에 관슬(貫蝨)이란 말에서 관슬지기(貫蝨之技)라는 고사성어가 생겨났다.

옛날에 기창(紀昌)이라는 사나이가 가는 털에 벌레인 이를 묶어서 창문에 매달아 놓고 매일 같이 바라보았다. 열흘이 지나자, 이가 조금씩 크게 보이더니 3년이 지난 뒤에는 수레바퀴 크기로 보였다. 기창은 활을 당겨 이를 쏘았다. 그러자 그 작은 이가 화살에 꿰뚫렸다.

시인이라면 이 정도의 단계에 올라서야 하지 않을까? 그런 의미에서 심재황 시인의 시조는 빛난다. 왜냐하면 심 시인은 사물을 심도 있게 관찰하고 직접 답사하면서 글의 소재를 찾는 호기심과 열정이 각별하기 때문이다.

어린이 등교 시간
정문이 닫혀 있고
깃발은 날리는데
운동장 조용하여
교실을 들여다보며
지난 세월 더듬네.

줄지어 놓여있던
책상도 없어지고
선생님 가르치던

교탁도 없어지고
허름한 칠판 위에는
교훈 액자 남기고
  - 시조 「한적한 초등학교」 전문

좋은 시조는 사물의 다양한 모습과 삶을 얼마나 절절하게 표현했느냐에 달렸다. 심재황 시인은 이곳저곳 여행하고 답사하면서 시의 소재를 찾고 직접 눈으로 확인한다. 그뿐만이 아니다. 관련 서적을 찾아서 읽고 대상을 취재하여 새로운 생명을 불어넣는다. 그 때문일까? 그의 시조는 읽을수록 눈에 밟히듯 가슴에 선명하게 다가온다. 아마도 우리 시조의 매력에 푹 빠진 듯이 열정으로 시조를 노래하고 있다.

육백 년 오랜 시절
공적을 새겨 놓은
신도비 검은 돌에
총알이 박혀지고
글자는 파손되어서
녹슨 물이 흐르네.

나라를 지키려고
갑옷을 걸치고서
창검을 움켜쥐고
말 타고 나아가서
북방을 평정하고서

남쪽 왜구 쳐내고

나라를 구하면서
평안을 바랐는데
육백 년 내려가서
육이오 전쟁통에
서로들 총질해대니
신도비가 깨졌네
– 시조 「신도비 상처」 전문

  연천군 미산면 아미리에 고려 말기 조선 초기 공신 심덕
부의 신도비가 있다. 그 신도비는 나라의 안녕과 국태민안
을 소망했는데 전쟁의 상흔으로 얼룩진 상처를 우리의 상
처이자 역사의 아픔으로 기억하는 것이다. 시인은 신도비
를 직접 찾아 방문하고 육백여 년 동안 견뎌온 신도비에
6.25전쟁 당시 총알이 박힌 마음의 상흔을 그대로 전하고
있다. 시조의 종장 '서로들 총질해대니 신도비가 깨졌네'라
고 표현하고 있다. 평화를 염원하는 시인의 마음을 담은
것이리라.

한겨울 북쪽 바람
침으로 내서운네
사방의 남쪽 창검
보질게 사나워서
중원을 뒤로하고서

북쪽 장성 넘는데

광활한 초원에서
메마른 사막에서
매서운 겨울바람
맞설 수 없었는지
한 무리 이끌어가며
초원에서 멈추네.

천하를 내려놓고
큰 짐을 벗어놓고
포근한 고향 나라
무지개 뜨는 나라
그리운 고려 땅으로
혼백으로 돌아와

산천이 보고 싶고
물길이 그리워서
언제나 고향 생각
내 가족 그리워서
개경을 멀리 등지고
한탄강 바라보네.
– 시조 「기황후 능터」 전문

 심 시인은 직접 기황후 능터(경기도 연천군 연천읍 상리
145번지)를 답사하고 느낀 감회를 적은 시조다. 고려 사람
인 기황후가 원나라 황제의 황후로서 멀리 고향을 떠나 살

아온 애절한 한과 고향에 대한 그리움을 적은 시조다.

시나 시조의 문장은 자신의 존재에 대한 물음으로부터 출발하여 자신이 하고 싶은 말을 예술 감각을 살려 간결하고도 독창성 있게 표현하는 작업이다. 따라서 그 사람의 인격을 담아야 하고 자신을 치유하는 욕구를 담기도 한다.

더욱이 대상을 바라보는 그 따뜻한 마음은 치열하고도 섬세하게 가슴을 열어 오래도록 힘차게 껴안아야 한다. 그로 인해 시적 대상도 피가 돌고 숨을 쉬는 것은 물론, 말글로 세상에 떠다니다가 새 생명으로 거듭 되살아나는 것이다.

지금까지 심재황 시인의 열세 번째 시와 시조집 『한탄강 여울 소리』에 담긴 이야기를 살펴보았다.

시와 시조는 그 소재로 삶은 대상 자체를 사진 찍듯이 혹은 있는 그대로 그림을 그려내는 것이 아니다. 그 소재에 대한 느낌이나 생각을 읽는 이가 상상력을 발휘할 수 있도록 실감 나게 묘사해야 한다. 이에는 물론 따뜻한 사랑과 관심, 그리고 존중의 마음이 함께 표현되어야 한다.

그런 의미에서 심재황 시인의 열세 번째 시집은 '한탄강의 물빛, 연천을 품은 글빛'으로 연천에 대한 사랑과 관심을 표현했다고 말하고 싶다. 역사와 전쟁, 남북 이산가족의 아픔과 자연 사랑은 물론 이별의 정한을 담은 시와 시조집이다. 많은 독자들이 관심과 애독을 권한다.

MEMO

■ 글벗시선 231 심재황 열세 번째 시와 시조집

한탄강 여울소리

인 쇄 일 2025년 10월 8일
발 행 일 2025년 10월 8일
지 은 이 심 재 황
펴 낸 이 한 주 희
편집주간 최 봉 희
펴 낸 곳 도서출판 글벗
출판등록 2007. 10. 29(제406-2007-100호)
주   소 경기도 연천군 연천읍 현문로 433-27
         종자와 시인박물관 내
글벗카페 https://cafe.daum.net/geulbutsarang
E-mail   pajuhumanbook@hanmail.net
전화번호 010-2442-1466
팩   스 031-957-7319
가   격 12,000원
I S B N 978-89-6533-305-0 04810